詩集

# 下町相談デリバリー

青木みつお

視点社

# 詩集　下町相談デリバリー

青木みつお

視点社

詩集　下町相談デリバリー　青木みつお　目次

V

# I

# にんげん通信

ドヤは都電の停留所の前だった
管理人に頼んで部屋に入れてもらう
女の子は中学生だから
「このままだと心配です」
学校の先生がそういった
小さな本立てに
「君たちはどう生きるか」という本がある
「境遇にくじけないのが不思議です」
両親が余程しっかりしている人だったのか

病気で亡くなった
「この子が居なくなると
子ども集団のリーダーが無くなってしまうんですが」
校庭の水溜まりをわたり学校をたずねた
白髪の先生は正直だった

何年かしてあの子が入った施設を訪ねた
「あの子は元気です
短大に行っています
時々わたしたちをからかったりするんですよ
奨学金はあとで返すんですけどね」
職員の話は明るく歯切れがいい
あの子は自分の時間を生きている
そのまっ盛りだ

にんげんですか
にんげんです
にんげんでいましょうね
はい

*ドヤは「簡易旅館」のこと

# 見えないハードル

陸上競技のハードルは
一瞬にして跳びこえ
全力で走り
一瞬にして跳びこえる

きみのハードルは
見えない
叔母さんもぼくも
ハードルは少し違って見える

所長にも一時保護所にも
児童養護施設にも
同じことをいわれた
お父さんが黙っていますか

かあちゃんの替わりは
酒とつまみと食事の支度まで
かあちゃんにも息子にも
逃げられた男

ハードルは
何もいわない
けれども目の前に在る
所長をおそれず争わず

ある日お父さんが
自宅に電話してきた
四か月たっていた
ハードルは君だけのものになる

久し振りに見る駅前の空を
きれいときみはいった
こころの通路を示して
ぼくは別れた
晴れた空に
雲がうたうように泳いでいる

# 誓う

先生お元気ですか
いろいろお世話になりました
一度どうしてもお礼がいいたくて
お電話しました
本当はそちらに行って
お会いしたいんです
直接お礼をいわにくては
そう思っていました
いまだったら
子どもは手離せないと思います

手離せません
あの時はでもそう思ったんです

はじめて面接室で会った日
クラスメート二人とやって来た
あなたはブラウスとジーンズだった
学校の宿題ではなく
新しい命のことだった
あなたの希望にそって対した

翌年　冬のコートを着て
おくるみに赤ちゃんを抱え
あなたはういういしい母親になった
タクシーをとめましょうかというと
大丈夫ですと答えた

ローテンブルグの教会の祭壇にある
中世末期の彫刻家リーメン・シュナイダー
農民の情熱と勇気を写した聖者たちの像
あなたに観てもらいたい

感謝しています
はい
幸せになります
先生もお元気で

なんとすがしい声だろう

# 来てください

「来てください
ひきつけを起こしたんです」
ミーティングを終え机に戻ったばかり
ぼくは心理司について待合室に急いだ
入梅のむし暑い日だった

いつも顔色のあまりよくないお母さんが
ぐったりした男の子を看ている
知的障害のある幼児の
週一度の通所の日

判定室でこどものお母さんたちに会う
一時間ほど様子を聞く

知的障害の子は保育園　幼稚園の入所が
難しい
四人の心理司が協力し
プレイルームで一緒に過ごす
男の子はぐったりして声も出ない
お母さんはなんとか子どもを抱えた
ぼくは近くの病院に電話してもらい
一緒に病院に急いだ
「ぼくが替わりましょうか」
「大丈夫です」
元の都電通りはプラタナスの歩道
木の葉もぐったりして見える

昼近くの病院は静まり返っている
診察室に一緒に入る
医師は男の子を診ながら聞く
「お父さんですか」
「児童相談所です」
坐薬を処置され症状はおさまった

病院を出る時お母さんは
「嵐の中の母子像」のように
体を十字に子どもを横抱きにしている

*広島にある本郷新による像

# 土曜の午後

児童相談所に土曜の午後
二年近く通って来たのに
通所が終わり駅前に呼び出され
喫茶店でミサちゃんがいった
「ほんとは変な子だと思ってたんでしょ」
というひと言だった

もしも通所の成果ということなら
中学校に行かず児童相談所に通い
このことばを面と向かって口にした

この行為にあるのではないか
ジーンズのズボンに幅広の靴をはき
少しキーという声が特徴

「ほんとは変な子だと思ってたんでしょ」
ミサちゃんの感じやすいこころの
自己主張
おとなたちに　学校という社会に
いいたかった〝叫び〟ではないか

コウイチロウ君は
背の高さをもてあまし軽く腰を折るようにして
歩く
なんとなくキリンに似ている
週三日位中学校に行き

土曜の午後　児童相談所に通って来た

いつ会ってもことば少なで
おとなしい
約束は守る
卓球もゲームもそれなりにつきあう

ハイキングの日小川で
丸太を渡るのにちょっとどぎまぎ
「おい　渡るんだ　落ちるぞ」
ミサちゃんの声かけに
はにかんで丸太の橋を渡った

夕食のあと
キャンプファイヤーを囲んで

班ごとに出し物をした
シーツをかぶりユウレイになった
頭の上は星だらけだった

ある時　博物館に行き
記念写真を撮った
中学校には心理司の人が報告書を書いた
「先生お世話になりました」
ぼくの机に来てコウイチロウ君がいった
お別れの日が来た

高い山にコマクサという花がある
風に踊り
雨に唄うんだ
砂礫というのは荒地なんだよ

でも花はきれいだよ

*当時土曜日午後も業務

# 青　葉

青葉のころだった
少女の面影を残して
そのひとは立っていた

青葉のトンネルを下る
丘の下に石の門
ふりかえると
あどけないきみの横に
そのひとも立っていた

きみはいま何をしているか
どこにいるか
この空をたどっていくと
お母さんのいる所に行ける

お父さんの顔を知らないきみ
お母さんの幻を抱いて
青葉のころだった

# ツツジ

女の子がやって来た
愛のかわりに
女の子はおいていかれた
愛したことのかわりに
女の子とぼくは歩いた
ツツジの街
お母さんに来るように伝えてください

………

お母さんに来るようにいって

………

来るようにいって

小さな胸のうち
おさめきれない涙のしずく
花よりもはかない眼をして

# もうすぐ学校

な　に　ぬ　ね　の
は　ひ　ふ　へ　ほ
はじめて書けた
手を添えないで書いた

ふたりで
とびあがった
わかこちゃんと

お母さん

マ　というと
マミムメモという

三十六週通ってきた
わかこちゃん

# ここだけの話

美濃部都知事の時代
児童相談所の増設計画が出された
東京の下町では相談内容の深刻さ
ケースの緊急性が顕著だった
都民の暮らしにあらわれる大変さは
当事者と関係機関しか知らない
予算編成の前に働きかける必要がある
児童相談所の増設と人員補充を訴え
ビラを職場にまいた

都庁は人員削減　組織統合の真っ最中
昔の知り合いが第一庁舎で調査課長
しかし仕事の実態と地域の実状から
要請文の中身は切実で
職員の多くも賛同し一致結束していた
当局は根負けしたらしく
要請の中身は諒解するから書かないで
人を介して答えがきた

ウチの課長がある時ぼやいた
娘がむずかしくなって大変なんだよ
例の要請行動の中身が実施されることに
あんたそこに行ってくれるよね
新設の児相は家から遠いのだが
いきがかりで行かないわけにはいかない

てっきり課長も行くと思ったが違った

新しい庁舎　一時保護所　園庭
おまけに美しい彫像まで設置された
片道一時間五十五分　乗り換え三回か四回
ともかく歯をくいしばって仕事
やっと少し近くに転勤の内示が出た
例の課長が久し振りにやって来て
あんたと一緒になれると思ったんだよ
そうというのであった

# わたしの仕事

人口十万人に一人の配置基準
昭和五十二年一月から十二月まで相談数
一四八件
主訴別に多い順に
知的障害四六件　養育困難四〇件　非行二〇件
しつけ　怠学　親子間問題　里親　登校拒否
肢体不自由　学校適応
いかに広範囲にわたっているか
それぞれ深刻な問題をはらんでいる
シンナー吸引から教護院へ

多動で家庭では介護できず施設へ
一度か二度の相談ではすまない事例が多いことか
施設入所すると引き取られるケースがいかに少ないことか
施設は子どものためにあるのか親のためにあるのか
この仕事に一番必要なものは体力です
社会の底辺にある重い話のよき聞き役であるためには
自分自身の中に心身のエネルギーを貯えておかなければならない
しみじみ共感できることばであったと思います

一九七九年五月
「白い道」第五四号
児童福祉司さんの話
養護学校校長　I氏
ガリ版刷りの用紙は黄ばんでいて
しっかり見ないと判読できない

# Ⅱ

# 明神館前

梓川は山道と付かず離れず川原を見せる
道は以前もっと細かった
明神館の前にわたしは立っていた
韓国人の老夫婦と娘と孫二人がやって来た
大きな石碑の前で写真を撮ろうとする
そこに小さなザックを背にした女性が近づいた
ひと言ふた言話しかけコンパクトカメラを預かりチーズという
韓国人の一家は一様に驚き
こんな山の中で珍しいと娘がいった
大学生らしい女性は韓国語はほんの少しと左手であらわした

家族は一緒に写ってもいいくらいの気持ちになり
傍らの丸太を割った長椅子に腰をおろした
老妻はスチールの杖を突いている
明神池の神社に行きたいらしい
大学生はビニールケースの中の地図を確かめている
わたしに近づき明神池の位置を聞いた
短い髪を頭のうしろで束ね素顔のまま
彼女は家族に道を伝えた
老人は一緒に行きましょうといっている
一同明るい笑い声を立てる
彼女は薄地のブルゾンと薄茶のパンツルック
それにウォーキングシューズ
微笑んでから独り山道を歩いて行った
きょうは徳沢か横尾までだろうか
明神岳の頂きがよく見える

ことばの国境
小川でも渡るようにして歩いて行く
まだ水音はやんでいない

# 雲のゆくえ

美濃戸でバスを降り岩の沢の道を歩く
白い岩山に似た沢の先　赤岳鉱泉小屋に泊まる
翌朝　山道は初冬の冷たさになった
おじさんの三人連れが登って行く
そのうちの一人は元自衛官で
飲料水の会社が使うのは沢の水だという
三人連れを黙って追い抜く
行者小屋をすぎ
森林限界から岩稜にかわり
針金をつたい稜線の小屋にたどり着いた

そこでしばらく息をつく
久し振りの山の空気だ
思わず深呼吸
そこから赤岳の登りになる
頂上まではわずかだが
斜面を右に左に道は折れる
ハーハーいいながら山頂小屋をめざす
若い時はいっきに上りきったのに
職場の仕事ばかりだと人間がゆがむ
ゆがみは他人のことならよく見える
自分のゆがみは見えない
ゆがまないつもりがやはりゆがむ
登りは思いのほか骨が折れる
くたくたになろう
赤岳小屋に着くと雲がひろがってきた

窓の外はうす暗くなり灯りが人恋しい
夕食のあとふとんに横になった
雨になった

朝から雨だった
雨は叩きつけるように稜線に飛沫をあげる
ポンチョのほほを殴り噴き上げる
青年が独り前を下りてゆく
道は斜面を九十九折れに這う
道の角で青年が待っている
ビニールのケースに入れた地図をさげている
ぼくは膝が少し痛む
次の角でも青年は歩みをとめ待っている
ぼくは速度を上げるようにして歩く
次の角でも青年は立ち止まっている

追いつきながら青年と眼が合う
大丈夫ですかと眼が語りかける
次の角でも青年が足をとめている
松本の高校の山岳部の人だろうか
余分なことをいわず思いやってくれる
大丈夫ですから先に行ってください
ぼくはそういわずにおれなかった
そうですか
青年はそういって下りて行った
スポーツマンというより知的な横顔だ
思いやるのがぼくの仕事
余分なことはいわない
別れるのには惜しい若者ではないか
脚の痛みにつきあってもらうわけにはいかない
行者小屋をすぎ美濃戸をゆく

麓は晴れてきた
空に白い雲が光る
樹々が一斉に緑をとり戻すのであった
ぼくはどんどん歩く
オーイ　青年
オーイ　セイネーン

# 春の祭典

白馬山麓に
春がきた
クヌギ　ニレ
アカマツ　シラカバ
一斉に緑に染まる
カエルというカエルが
声をあげる
草かげは水溜まり
ひとりが鳴くと
カエルというカエルが

声をあげる
声が塊りになって
空気をつんざく
春だ　恋だ
恋だ　春だ
昼となく夜となく
オーケストラじゃなく
ロックだ
ドロヤナギの緑も
カラマツの緑も
顔負けだ
「ニンゲンは何をやっているのか」
「ニンゲンはいるのかい」
ゲラゲラ　ゲラゲラ
グワグワ　グワグワ

# 天狗岩

崖の下は
ちょっとしたお花畑になっている
降りてみると
リンドウ　マツムシソウ　ミヤマアキノキリンソウ
アザミ　ヒメシャジン
夏から秋の王国がある
いずれも固有の色と艶やかさで立っている

草の影　花の足許
かすかな窪みを伝い

水が途切れることなく縫っている
よく見ると
水面が光る
すかして見る
小さな空間に空がある

花が囁いている
あんた華がないね

# 崩れ再考

土石流の本流が走った跡は
いまも何もない
へし折られた木　枝を失った幹
土石流は時速七十キロとも百キロともいう
もし人家があれば簡単に呑み込んでいく
一瞬にして助け出す機会を失う

日光男体山の崩れに
大薙　古薙　御真仏薙などの名がある
景勝地のコースからはずれるようにある

山の崩れに注目する人は少ない
五月じゃまだスケスケだから崩壊面は
あますところなく広く見えるんです
これは幸田文を案内した人の言葉
七十歳をすぎて
山の崩れを見て歩いた
場所によってはおぶってもらいながら

薙は断りなく始まる
重力と水の作用によって土壌匍行が起こる
崩れを荒れと受け止めるのは人間だが
自然の営みは大きい
幸田文はこう記している
相手は化かす気がなくてもこちらが無知だと
自分で化かされてしまうのだろう

崩れを知るには四季を見なければ
人の営みに化かす気があれば
山の崩れどころではない
作家はそこに思い至っただろう

# Ⅲ

# 別世界

訪問するのは昼からが普通
昔樋口一葉が暮らした町の隣り町
娘さんを起こしてもらうと
寝間着姿で玄関に出てきたが不機嫌
働いていますねと確かめる
給料とチップが入るはず
帰宅はタクシーになる
少なく見積もって収入申告してもらう
ほとんど返事らしい返事がない
新世界

なんと意表をつく屋号だろう
グランドキャバレー華やかなりし日
恨むように黙ったまま視線を投げる
十八歳になって間もない女性の
ういういしい眼がわたしを射る

# 不法占拠

公園のはずれには掘っ立て小屋があった
隅田川の橋の下に住みついた人もいた
ホームレスではなく浮浪者といわれた
空襲による被災の名残りでもあった

某「会館」は不法占拠の一つだった
生活保護を受ける住人もいた
事務所では昔の担当者の名前もでたり
世間話にも付き合うことになる
一説には立退き料も出たとの噂

一種の既得権が生じていた

「会館」の一部にオカマが居る
カツラを着け化粧をし女物の服を着て
お兄さん
可愛い声を発する
部屋には電気製品がそろっている

近くに別の不法占拠もあった
国鉄の駅に付随する構造物を巧みに使う
生活保護のため郵便物は届くか確かめた
ちゃんと着きます
番地は無いのだが眼が生真面目にいう

東京オリンピックのため

ほとんどの不法占拠は整理された
某「会館」はしばらく残っていた
オカマは隣り町に移り住んだ
一番恵まれない住人は拾い屋だった

「ネクスト　オリンピック　トーキョー」
「キャー」
二〇二〇年になった
いまではあの辛い住人たちのことを
誰も覚えていない

# 国境

アパートの廊下と部屋の堺はベニヤ板の戸
軽くノックして小声で用件をいう
運よく在室していれば
内に入れてもらい畳にすわる
病気があって働けない
治療中で収入は無い
訪問はその確認である
わたしは日本の役人だから
内心緊張しているだろう
ちらとこちらを見

うつむいたままどんな人か
見ている

実施要領には「第三国人」とある
当分の間　この法を「準用」する
お国には帰らないですかと訊く
「はい」
帰国事業が始まったと新聞に出ていた
朝鮮半島
南も北も行ったことはない
外国人登録証では結婚　離婚はたどれない
たどれない歴史をわたしは想う

戦災で家が焼けるまで
長屋のはずれに葦簀を垂らしたままの家があった

干ダラの身でも叩く音がしていた
子どもの耳にも
やり場の無い感情の響きに聴こえた

# 訪問

引き継いだケースをはじめて訪ねる
木造アパートの一室
入口と台所と六畳の間
夫婦ふたり
見かけはなんでもないでしょ
病気なんです
妻は小太りで赤ら顔
高血圧
主人は神経痛があって
やっぱりお医者にかかっています

ふたりとも働けないんです

体を大事にしてくださいとわたしはいう

病院にかかりたいんです
初診券をいただきたいんです
公衆電話の声だった
わたしは答える
あの病院にそれを送りますから
急ぐのでしたらわけを話して
すぐ診てもらってください
福祉事務所に来るには
都電に二度乗らなければならない

この夫婦は元ある県で教員をしていた

恩給証書を見せてもらった
金額改訂の短冊が幾つも貼付してある
夏訪ねた時
着物姿で団扇をすすめてくれた

ところ狭しと短冊が貼り付けられた証書
追いつかない暮らし
長い垂れ幕にして
どこかのビルの壁にくくり付けたらいい
ばたばた　ばたばた音を立てるに違いない

# 緊急保護

面接担当者がわたしの席に来ていう
緊急ケースですが面接室で待たせますか
眼の縁に一瞬すまなそうな色を浮かべ
わたしは面接記録を受け取り
面接室に入りクライアントを見る
窮迫に至る経過　体調
故郷と家族のことも聞く
病気の有無　所持金　宿泊証明を確かめる
元農民　あるいは農民であれば
実家の家族の人の数　上京した日

出稼ぎの経過　実情を聞く
一つ一つ現地を調べられないから正眼の構え
ことばと態度の真実性を見抜く
貧乏生活が役に立つことになるとは
ドヤから故郷を思い描く
米や野菜やリンゴは誰がつくるのか
面接記録に書かれていないことを埋める
扶養義務関係者の援助は期待できない……
生活保護申請書　無収入申告書
宿泊証明書を確認する
判コは持ってますね
待合室で待っていてください

ケースファイル　世帯台帳　ケース記録　保護決定通知書
生活保護基準額　類型カードをいっきに書く

次の特例払いの日までの日割り額を計上する
係長　課長の決裁印をもらいに歩く
経理係で現金をクライアントに支払う
長くは駄目ですよといったりする
彼が握っているのは東北の雪なのだ
米作りでは養いきれない家族なのだ
都会にコンクリートを流し込む手なのだ
健康保険も失業保険も効かない体
ビュービューと風が吹いている

付記

一九六〇年七月から八月にかけて山谷騒動が起きた。山谷マンモス交番に三千人の住民が押しかけた。一九六一年の調査では、簡易旅館一八〇軒、労働者九六六一人。マンモス交番設置のあと玉姫生活相談所が設置され、一九六三年山谷福祉センター、一九六五年城北福祉センターが設置された。ドヤの宿泊代は一泊八〇円から一〇〇円。労働者の日当は手配師にピンハネされた。ドヤはカイコ棚が多かった。高度経済成長が山を越えると、働けなくなった人が次々出現した。簡易旅館街の経営スタイルは変化した。

# コンドルの話

その年獣医の募集はなかった
それで動物園協会に勤めた
生憎初期結核になった
Kさんを動物園に訪ねた

事情を聞き
病院に入院するようにした
出入口に戻りながら
大きなケージの前に来た
Kさんは金網越しにおおいという

きょうはご機嫌がいいや
そんなことわかるんですかと聞くと
わかりますという
アメリカ・コンドルだ

Kさんは三日後に入院した
故郷のお母さんから
ていねいなお礼状が届いた

それから月日が過ぎ
ぼくは児童相談所に勤めた
福祉事務所の出張相談の日
近くの新聞をひろげた
Kさんの帰国祝いで
動物園の先輩たちが宴をひらいた

写真の中央にKさんがいる

アメリカの動物園の副園長だった
はじめて名刺をつくった時
横文字を並記したKさんは
国際人だったのだ

記事を書いた記者に電話したくなった
けれども抑えた
白く光る綿菓子はどんどんふくれ
おさまりきらないのであった

# 川の音

深い川がある
川面は小暗い谷に見える

ケース記録が少ない
事実はその通りかもしれない
記録の紙を突き抜け
胸に刺さる
上司がいったという感想は
槍の穂先になっている

ケース記録は
家庭訪問しその状況を記すのである
担当者が印を押し係長の印をもらう
病気があれば治療に専念しているか
病気を理由に楽をしているか
それを明らかにして「自立助長」をはかる
HOMEは家庭という意味だが
Shelterは隠れ家という意味
やはり《権力》をバックにするようで
疑いをかけるようで
書きたいこととは別に捜したくなる

家庭というのは
寛ぐところではないか

上司の机はすぐ近くにある
係員の机の並びとの間に通路の空間がある
深い流れに水音がゴーゴーと鳴っている
それは渦を巻き飛沫をはね上げている
必要なことは記録してある
もう少しで声にしそうになった

# Ⅳ

# 八百屋のソウちゃん

「買いに来るのは父ちゃん
　安いもんしか買わない
　売れないねえ」
売れないことを恨むのではない
会計事務所の大木が聞く
「母ちゃんが働いているから?
　消費税か?」
税を見る視点である
「その前からよ
ジャガイモ　ニンジン　ダイコン

　煮る人居ないもん
縄文人だって煮物したんじゃないの
トチの実だって水に晒したんでしょ」
料理をすることが暮らしから省かれた
「みんなどうしているんだろう？」
「スーパーに行けば何でもあるから」
出来合いのもので済ます毎日
駅の南側のマーケットも総菜屋だらけ
「若いのがつくらないのかねえ？」
大木がやや慎重に聞く
「みんなよ
　みんな空振り三振の体になっちゃう」
栄養学からいっきに文化論に飛んでいる
書類でのやりとりに終始する会計事務所は
たじたじである

「駅前開発はどうなの？」
「水道道の石屋の所までよ」
「そんなに広く？」
予想外の広さになった
そんなにこの町をかえる資格が誰にあるのか
「八百屋をやめたら町の長老だね」
「耄碌爺さんよ」

店に金属のシャッターが降りて久しい
この町の人が耄碌するのでなければいいが
ニンジン色のそばかすの顔
人なつこい少年のような顔
ソウちゃんの店は駅の北側にある
マーケットの家並みは南側だ
そこも駅前開発になるとのニュースが入った

# 職人白書

「忘れたんじゃないよね
払えなかったんだよね
給食費だって大変だった」
担任の先生も気づいていただろう
子ども心の取り繕い
イサムくんはその頃
鼻の下にあおい二本線を垂らしていた
彼の観察力に気づいた人はいなかった
わたしも一度は「忘れた」のだった

先生にいわれてある日
イサムくんとアキコさんのアパートを訪ねた
廊下は土間が露出し
両側の部屋に表札が出ていない
引き戸の列に向かって
「アキコさあん」と声を張りあげた
声は小暗い空間に吸いとられた
裸電球のわずかな灯りの下を
アキコさんはうつむきながら出て来た
「学校に来てください
　待ってますから」
ぼくは登校を促した
おかっぱ頭がかすかにこっくりした

七十歳のクラス会で

アキコさんの当時の様子を聞くことができた
給食費の話よりさらに一歩辛いものだった

「忘れたんじゃないよね」
なんと見事な表現だろう
靴に付けるアクセサリーの職人は
地に足をつけて考える
だから息が長い

# ぼくの東京物語

「歌舞伎座に行くんだけど
あんた興味あるだろう」
中学校のクラスメイトから電話があった
「はい」
旧丸ビルの事務所に出かけた

小津安二郎の映画で知っているが
行くのははじめて
オフィスに訪ねると
「じゃ行こうか」という

都電で歌舞伎座の前に出た
友人は下足番のおじさんにひと声かけ
すたすた楽屋の奥に入って行く
電気のシステム管理をやっている
歩いているのは舞台裏
「ほらこれが奈落だよ」
友人はこれを見せたかったのだ
木製の大きな造作をしげしげ見やった
そこに手をやってみた
「松緑も梅幸も歌右衛門もここに乗るんだ」
「あんた歌舞伎も観るんか」
「少し」
「女の下着の会社に来ないかって誘われたんだけど
断ったよ　はずかしいよ」
「きみみたいにカッコいい仕事じゃないんだ

表と裏だね」
「あんたに合ってるんじゃないの福祉は
この間さ沖縄に仕事で行ったんだ
アメリカ軍の基地でさ
五回も六回もチェックされてすごいんだ」
「きみの仕事とぼくの仕事
この国の縮図だね」
戦後接収されていた
蔵前橋の同愛記念病院の水色のフェンスを思い出した
「課長とかあるだろ　なったら」
友人はとんでもないことを口走った
友人の話はカエル跳び
前とあとにつながりはない
跳べないヤツもいる

# 国定忠治

忠治　御用だ　御用だ
舞台裏でレコードが鳴り出す
東海林太郎の赤城の子守唄
忠治の役者は森を描いた幔幕の前で
刀を立て見栄をきる
赤城の山も今宵限り………
大統領と声が掛かる
御用提灯と御用だの声が入り乱れ
立ち廻りは大歌舞伎の様式
国定忠治は合羽をからげお縄となる

夜空の下の長椅子が客席
思いきり拍手が起こる

友だちのハマダ君は
同じクラスのよしみで只で見せてくれた
戦争の日々は長かった
解放感だけはみんな感じていた
欠乏だらけの暮らしだったけれど

御用だ　御用だ
このセリフが琴線に触れるのだ
国定忠治はいいところがある
捕まればいいと思っていない
御用だ　御用だ
目の前の芝居の向こうに

そういいたいこの世のいきさつを
おじさんもおばさんも客席で描いていた

# 一九四五年三月一〇日未明

ぼくはその夜一匹の獣になった
足袋の足に下駄を突っかけ
頭の細胞の奥の奥に照明を送り
ニンゲンになる前まで時間を遡る
本能の力を全部使うのだ
長屋の屋根が空を塞いでいる
牧場を追い出されたウシみたいに人がいっぱい
見えない恐怖を思い描く
死ぬものかと誓う
寒さと孤独が襲ってくる

首をねじると月が蒼く冴えている
風は身にしみるばかり
暗いきれいな闇の空の方に逃げよう
母の細い手を引っぱり地面を蹴る
おとなたちは荷物を手に声も出さず群れて行く
闇雲にひしめいている
ぼくは生きるんだと言い聞かせ続けた

身も心もくたくたになり
ぼくは寝んねこ姿の母と立ち尽くした
振り返ると空は白々明け
必死に逃げ続けた道をなんとか引き返した
地面が異様に熱い
第三峡田国民学校にたどり着いた

# 戦争が終わった

ごめんください
どうぞお上がりになって
露地にむしろを敷き
ミドリさんとヤエコさんがままごと遊び
姉妹は早くにお母さんを亡くしていた
水道の水の音　食器がぶつかる音
夫婦喧嘩の声　行水を使う音
秋に国民学校が再開され休み時間
縄跳び　ゴム跳び　石蹴り　缶蹴り
お手玉　ゴムまり投げ　輪まわし

狭い校庭は蜂の巣をつついた情景

ことばがかえってきた
暮らしの音がかえってきた
食糧難は深刻だったが戦争は終わった
臣民ではなく国民になったのである
防空壕を掘るツルハシの音
声も無く逃げまわった空襲の夜中
そんな時代は終わったのだ

こわばっていた空気が
どんどん無くなっていく
子どもの声がはずんでいる

# チャップリン――一九四七年

観たこともないアラスカの雪山
ゴールドラッシュに取りつかれた男たち
背後に迫る熊
山小屋に食べる物がない
革靴を火にあぶりビフテキにして食べる
先に住みついていた男が帰り争い
吹雪に山小屋は飛ばされ谷の上
ドタバタとシーソーの笑いは最高潮
客席は笑いの舟になる
笑い声は壁の前で跳ねる

どこかぎこちない
しまい込んでいた雨合羽を着ている
汗の臭いがしてようやく体になじむ
ずっと笑いを忘れていた
笑いを重ねていると波になる
悲しい場面でもおとなたちは笑うのだった
父も笑う
浅草の映画街で「黄金狂時代」
外に出ると春先の風は冷たい
オーバー　ドテラ　国民服　作業着
下駄　草履　靴　ゴム長
古びた舗道を風がひとなで
幟旗がうすく音を立てた
おなかが空いた

# V

# 遥かな径

島々から先上高地まで
道は幾つものトンネルを抜ける
トンネルの内は暗く狭い
行き交うクルマはぶつかりそうだ
灯りも乏しく地下水が湧く所もある
不意に祖母のことばがよみがえった
忘れないでおくれよ

ほんのわずかな通路を
もがきながら這い出る思いで

そのことばはやってきたと気づいた
暗がりや凸凹やぬかるみを越え
先に行くのを諦めかけていた

軍人恩給をもらって暮らそう
そう考えて生きてきたのじゃない
再婚しても苗字はかえられない
内縁のまま
死んだのは前の夫とのちの夫
長男

忘れないでおくれよ
祖母がそういう時
靖国神社のことは消えていたろう
上海は行ったこともない

結核は不治の病い

暮らしの営みの茨の通路をかいくぐり
体を傷だらけにして
胸の奥から飛び出してきたことば

忘れないでおくれよ
祖母の声がトンネルになるのだった

# ムラサキツユクサ小路

自転車を降りた中年の女性が
動けないでいる
薄物のスカートの裾が
車軸に巻き込まれてびくともしない
ぼくは自転車を止め近づいていった
じっとしていてくださいという
その自転車のハンドルを握り
もう一方の手でスカートの裾をつかむ
自転車を前に出し
うしろに引く

「ハサミないかしら」
「自転車屋さんないかしら」
その人が口走る
前に出しうしろに引くを繰り返す
ゆっくり裾を引き出す
上がレースで下がポリエステルか
もちろん知らない女性のこと
おばあさんが立ち止まり見ている
少しずつ少しずつ裾を引き出す
知らない女性の体が目の前にある
見ているおばあさんには一瞥も与えない
電車の駅に行くつもりなのだ
ほら解けた
女性はことばもない
ハサミも自転車屋さんも要らなかった

自分が何を口走ったのか忘れている
ビニール傘がチェーン近くに差してある
黙って傘を前籠に移す
午前九時　駅まで二百メートル

自転車の車輪とスカートの裾の関係です
暮らしの車軸は大丈夫ですか

# 優先席

都心から電車で帰るには
夕方早めでないと電車は混む
幸い会議が早く終わり優先席が空いていた
すると前の吊り革に若い女性が並んだ
ひとりは紙袋をさげ
もうひとりはバッグを小脇に抱え
　拒否できない
拒否権ないもん
いいですかといったって命令
なんでミーティングというんだ

ふたりは強い語調でいい合っている
朝の早出　夕方の残業
六十時間だよ　一日二時間として
わたしは素知らぬふうに聴き耳を立てる
社畜だよ
下僕だね
それぞれ吐き出すようにいう
ことばの選び方にスキがない

拒否権
昔ソ連代表が安全保障理事会で幾度となく行使した
社畜
松本清張の小説の世界
先日有名な会社の女性社員が
社宅のビルから飛び降りた

一か月の残業が百数十時間
信じられないことが起きている
ことばの優先席だった

# 飛べない男の飛ぶ話

小学五年　臨海学校は千葉県外房鵜原
戦後間もなく水着もそろわない
砂浜は熱く波は大きい
緑色に見える海はこわいくらい
夕食のあと海の歌をうたった
千葉大学園芸学部の学生の演芸
ドン　タララッタッタ―
ターラターラ　ドンドンドン
真顔で口三味線を演じた
いいですか楽器があると思って

ね　聴いてください
ぼくにとってははじめての音楽会

日比谷公会堂で児童演劇の会があった
変声期になってしまいぼくは観客席
司会はラジオで有名な七尾玲子さん

ヴァイオリンの独奏会
辻久子さんのチャイコフスキー
月給取りになりチケットを買った
日比谷公会堂のかたい席
息を詰めて聴いた

日比谷公会堂で九条の会の集い
朗読のため楽屋に入る

テレビ局のプロデューサーが演出
ステージで練習
もっとゆっくり　もっと大きな声
顔をあげて
本番ぼくはゆっくりと原稿を読みあげた
二〇一一年三月一一日と
一九四五年三月一〇日を重ねて
大江健三郎さんと小森陽一さんは控室
時の結び目は一本の糸になる

# 黒いレコード盤

図書館でレコード鑑賞が開かれる
新聞の記事をたよりに出かけた
黒いレコード盤がまわり
曲はシエラザードだった
観たこともない遠い国の物語だった
海の広がりが一面の漣となってきらめき
光と影が無限の物語を繰りひろげる
甘く妖しいまでの楽の音が展開していく

シエラザードは王様に殺される予定の女性

アラビアン・ナイトの話が面白く
王様は殺せなくなり妃に迎えた
類稀れな話の語り手だった
アラジンの魔法のランプは最も有名な話
魔法使いや魔物が登場し
幾度もの危機を乗り越えて幸せになる

人間の欲望と思いあがりを戒める物語なのだ
現代の王様は
道理を捻じ曲げ人を欲で操る
こわいものは何も無いと思い込む
すると眼に見えない霧が湧きあがり
音も無く人の命を奪っていく
科学も知識もどこ吹く風魔物が世界を占める

リムスキー・コルサコフはロシアの人
イタリアのレスピーギはロシアに出かけ
豊かな管弦楽法の教えを乞うたという
イタリアは歌の国だが
管弦楽法のいいモデルが乏しかった
リムスキー・コルサコフの魅力は
そこにとどまらない
すぐれた想像力の力である

かすかなノイズまでいとおしくなる
想像力の乏しい王様
静かになってもらいたい

# あとがきにかえて

「認識というものはしばしば途方もなく遅れて訪れる。」

（水村美苗『日本語が亡びるとき』）

この著者の世界は、時間的にも空間的にもとても大きい。

長い間、どうしてあんなにむずかしい仕事に就いていられたのか、自分でも不思議に思う。もう一度どうか、といわれたら、体力的に無理と答える。が、ほかにいい方法がなかった気がする。

人はよりよく自由であるためには、より多く働かなければならない。知識の問題というより、行為の問題に属していた。東京の下町に三十年以上かかわって仕事をしたことになる。福祉の前進が希望につながると願った。しかし時代の制約は状況を左右するものでもあった。

二〇二〇年、新型コロナウイルスの広がりは、格差社会を再び襲い、この国のあり方を問うている。

〈著者略歴〉

一九三八年　旧下谷区下根岸生まれ。

荒川区三河島で空襲に遭う。

一九五八年、東京都に就職。足立，台東福祉事務所に勤務。のち墨田、台東、足立、杉並児童相談所に勤務。

一九九七年退職。

中央大学文学部卒業。

同人誌「詩都」創刊。職員文化会詩部、都職労文芸作品集編集部などにかかわる。

詩人会議。日本現代詩人会。東京空襲犠牲者遺族会。東京大空襲戦災資料センター建設運動に参加。

『戦争のなかの子ども』（二〇〇〇年刊）

三月八日「毎日新聞」に紹介。

『人間の眼をする牛』（二〇一五年刊）

六月二二日「河北新報」に書評。
七月二五日「図書新聞」に書評。
『人間家族』（一九九四年）
『東北の大地』（二〇一一年）
『幻想曲』（二〇一七年）
『東京スカイツリー』（二〇一〇年）
リポート
『光を求めて』（二〇〇五年）
『児童相談と個人の尊厳』（二〇一六年）

〈現住所〉
184-0011　東京都小金井市東町５の１９の１２

□詩集　下町相談デリバリー
□発行日　二〇二〇年九月一五日初版第一刷発行
□著　者　青木みつお
□定　価　一七〇〇円（税別）
□発行人　横山智教
□発行所　視点社
115-0055　東京都北区赤羽西二―二九―七
電話・FAX 〇三―三九〇六―四五三六
□編　集　葵生川玲
□装　幀　滝川一雄
□印刷・製本　モリモト印刷株式会社

視点社創業三十五周年記念企画

## ◉新世紀の詩人一〇〇〇行

今後、期待される詩人の発掘を目的とした第一詩集をお届けする。

Ａ５判変型　八〇〜九〇頁　並製美装　一五〇〇円（税別）

①　高鶴礼子詩集『曙光』
②　今岡貴江詩集『空のアスカ』
③　中園直樹詩集『しんかい動物園』　二刷販売中
④　橋本富子詩集『また、あした』

（以下続刊）

## ◉現代の詩一〇〇〇行

現在、詩壇の第一線で活躍する気鋭の詩人の最新の成果をお届けする。

Ａ５判変型　八〇〜九〇頁　並製美装　一七〇〇円（税別）

①　葵生川玲詩集『歓びの日々』
②　菊田守詩集『カフカの食事』　二刷販売中
③　みもとけいこ詩集『〈明日〉の空』
④　青木みつお詩集『人間の眼をする牛』

（以下続刊）